風が語っていった事

岩永弘人

音羽書房鶴見書店

風が語っていった事

序詞

こだわり派のOさんに詩集のタイトルを相談した
「〈風が見える人〉とか〈風を読む人〉
にしたいと思ってます」
「風はやめた方がいいよ」
Oさんはパシッと言った
「いろんな詩人が使ってる　危険だ」
何が危険なのか　よくわからなかったが
僕は　一応素直にOさんの言葉に従った

そうこうしているうちに
父がなくなり　母がなくなり
それまでつつがなく走っていた
つり革のない急行電車は　急停車し
重力の思うがまま
思うがままに　僕は60才になっていた

目次

3

045（1）

4

01904

5 045（2）

6 246

1

078

眠りは死んだ

林間学校の朝
まだ暗いうちに
僕は目を覚ましてしまった
起き出せば
先生に怒鳴られるのはわかってはいたが
かといって
もう一度　眠ろうとすればするほど
意識は詳らかになっていった

広い十二畳敷きの部屋で
僕は眠りを演じようと必死になった
だが
僕は自分の寝息を聞いた事がなかったので

演技に自信が持てなかった

それは遠いところに用意されている
永い眠りの予備訓練であり
遠い昔の肉質のゆりかごの中の
無防備な心の追体験だったのかもしれない

みんな本当に眠っているのかしら?
僕と同じ下手な芝居をしているんじゃないかしら?
天井の高い　だだっ広い部屋には
布団が横にきちんと並んでいて
まるで地下埋葬所《カタコンベ》のようであった

いつもとちがう窓

いつもとちがう窓で目覚めた午後があった
布団に寝ころんだまま
あけ放たれた窓から空をずっと見つめていた
空もいつもと違う色をしていた
たしか草の香りもした
電車の轟きもあった

僕の両眼はしっかり空に吸いこまれていった
そして　しばらくは青い網膜に
いつもとちがう自分をうつしては楽しんだ

風が吹いた時　僕は身をおこし
客船のデッキから海面をのぞきこむ人のように

窓から空を見上げた

空は完全主義者の青
「驚くべき雲」も流れず
ただ午後のかげりがそこにあった

空の底まで見とおした瞬間
僕は大地に日をやってしまった
もうおそい！

気がつくと
窓はもう
いつもと同じ窓になっていた

ギャラン

きみが誰かのものになる時
僕はどんな顔をすればいい
綺麗事を捨てて泣き出すかもしれぬ
そこいらの狂人よりは過激な事をするかもしぬ

助手席から海を見た
すべてをかなぐり捨てた
裸の海を見た

くり返す波は
時を測る最上の道具だと
僕はいつも考えてきた
この大自然の時計は

人間味にあふれていて
機械じかけのそれと違い
しごく主観的に
しごく感情的に
時を刻む

だからこそ
一年前
きまぐれなきみと僕との時間は
まれに見る緩慢な潮によって
一秒一秒点検を受けていたのだった

国道を走り
海の見える店へ
そんな
しごく日常的な
しごく平穏な

心地よさに浸食されていた日々

愛しているのは
あの日のきみか
きみのいるあの日か

暗い
心の助手席にすわって
冬の海を見ている
あの日の僕は
考えあぐねている

氷川丸に

おまえはもう旅に出れないと誰が言った
人がごったがえす　狭い陸地にしばりつけられて
航海など遠い日の夢なのか？

老いがおまえを襲い
Ⅱ世がおまえにとってかわったというのか？
遠い南洋でおまえが見つづけた夢は
未だに孵化しえないままでいるというのに

海に懲りたのか？
海に飽きたのか？

進水式の高い大空と

処女航海の日の誇らしい風
船長の号令と
水夫たちの歌

忘れられるわけはない
おまえは舞台であり
主人公でもあったのだ
さびついた羅針盤を北極星に向けろ
コンクリートを抜け出して
夜の海に進水しろ
もう一度
はじめての日のように

聖家族

はじめにどんな言葉を
きみは我が子に教えるのだろう
そして　どんなにじょうずに
その子は　きみの口びるの形を
まねるのだろう

いかにも　取ってつけたような口実を用意して
改札口できみを待っていた
最初はびっくりしたきみも
二度目からは
「暇ね」というだけで
橋を渡ったところにある
きみの家まで

うす暗い道を送るのが習慣になった

きみの家まであと5分というところになると
きまって僕の脈拍数は増加した
けれど　きまって
僕の決心は砕けた

砕けたのは
半分は僕の弱気のせいで
あとの半分は

月あかりの道で
底冷えのするアスファルトの上で
きみはいつも
お父さんの話をした
「とてもハンサムで
すてきだったのよ」

昨日送られてきた
きみと舞ちゃんの写真を見て
僕はなぜか
あの言葉のひびきを
思い出してしまった

きみはやっと
ずっと欲しがっていた
正三角形の構図の
聖家族の絵を
手に入れたんだなと
くやしいけれど
とても自然に
思った

2

03

有機的な朝

朝
死んだメタファーが生き返る
今朝も彼はレールの上
低血圧で霞んだ朝もやの中
頑なに扉を閉ざした商店街を抜け
今日も「駅まで１０分」の道を
７分で歩いた

朝
電車が花弁を開き
花粉を吐き出し
蜜蜂が飛びまわる
そして　再び花弁は閉じられる

朝

眠っていた脳が目覚め
覚めていた心臓が眠りに落ちる
銀色に輝く細胞の中で
自分の皮膚と他人の皮膚の
浸透圧が等しくなり
互いに溶け合う
すがすがしい朝

天地無用

宅急便から電話があった
ぼくが十年前に送った
転居先不明の荷物を
返しに来るという

〈天地無用〉
段ボールに
そう書いてあるらしい

わかりました
そう答えたが
送ったはずの本人には
まったく覚えがないのだ

窓から外を見おろしながら
いろいろ思いめぐらしたが
何も思いつかない

しょうがないので
少し昼寝をした
そして　思い当たった

簡単なことだ
今の自分に
無いものを考えればいい
今は忘れてしまったが
以前は〈天地無用〉だったもの　を

しかし　よく考えると
そんなものはごまんとある
届いて欲しいような

欲しくないような荷物だ

いくら辛抱強く待っても
配達人は来ない
ぼくは　待ちくたびれて
街へ出かけた

銀色の車両が動き始め
ぼくはもう
天と地が逆立ちしても
気づきもしないだろう

輪廻

夜の部屋に流れる調べは
さしさわりのない曲
オートリバースのテープは
A面からB面
B面からA面　と
何度も往復する

聞こえないか
曲の向こう側に
おまえと僕の緑色の声が
磁気によって記録されていた

そんなもの聞こえないって？

そんなはずはない
僕らのつながりは永遠だったはずだ
よく聞いてごらん
よく

快いミュージックの裏から
二人の戯れ声が
聞こえてくるはずだ
想い出のように
呪詛のように
あの日の
おまえの煙草の煙のように

渋谷

〈愛してるわ〉と言った
金魚ばちのようなこの街も
年老いたような気がする
萎れたような

人の足取りが
決してまっすぐとは限らないこの街でも
時はひたすらまっすぐに流れていく
おまえが足を取られた舗道の上も
僕が足をすくわれた夢の上も
同じように

電車で三十五分は

二つの一人称が絡み合う二人称になるのに
ちょうどよい距離だった

いいものだ
想い出にかかずらわって歩くのも
〈浪花節なんだから　全く〉と言ったおまえに

でも
おまえと歩かないうちに
ここも変に小ぎれいになってくよ
さっき路地裏ですれ違った少女は
ひたすら前傾で
歩いてはいたけれど

坂の下にある
映画の看板に
暑さを抱き込んだ

夏の記憶が
べたつくように鮮明だ

夏の既視感

夏の中の影の中の夢の中を　走り続ける　もはや彼岸にしか思えない冬の日には　日だまりだけを選んで　飛び石の様に跳ね回っていた　が　今は　木々と高架が編み上げた　闇を辿って走る　緑色の高速入路から　車は天上へと向かう

山手通り　２４６　十字に交差する二つの道を　首都高はさらに十字に跨ぐ　そもそも空間図形が悲劇の始まり　飛行機から　大陸を見おろしているようだ　危機の家族がすぐに下にいても　今すぐ会いには行けない　仮に　会いたくてしょうがない人が　米粒のように下に見えたとしても

三次元の魔術に　パースペクティブを奪われ　しまいには　交差していることさえ忘れてしまい僕の沸騰した脳髄は　上下の感覚をそしてついには現在と過去の感覚も　失なうことに成功した知ってる？　首都高って不思議なんだよ　入れるのに出れない　入れるのに……　成田に向かっているはずが　気がつくと　羽田に着いていたって　嘘のようなホントの話

首都高って不思議なんだよ　途中でUターンできない　もちろん　次の出口で出て　また入りなおしてもいいんだけど　もう一度七〇〇円払うのは痛い　人生と比べても　七〇〇円は痛い　なんて言っているうちに

ああもう着いてしまった　ああ　もっといっしょにいたいのに　こんな時に限って　渋滞もしてない　道玄坂　遠慮がちに　しかし　器用に　助手席のドアをバタンと閉めて　光が差し込む運転席の僕に手を降る　汗ばんだ輪郭のきみ　ああ　もう着いてしまったもっといっしょに……

夢の中の夏の中の影の中を　僕の思いは　走り抜ける　外の景色は　明治通り　あの夏の　イメージ通り

3

045（1）

舞姫

熱帯夜　店は彼女たちでほぼ貸し切り
蹴らぬと唄わぬジュークボックス
あんな代物を置かれては
さしもの僕も　通時的な気分になる

男たちは　陰で煙草を燻らせる
テーブルとテーブルの間で
互いにステップを教え合っている少女たちの肢体は
（知ってか知らでか）科を作っている

踊るとは屈服すること
アルコール分の多い音楽に
踊るとは身を任せること

善人顔した自然の女神に

古代人は
焚火のまわりで熱狂し　踊った
そして今
時代錯誤の照明の下
テーブルとテーブルの間で
二十世紀の舞姫たちは踊る

海に誘う

きみの体が海を切りとる
まだ緑色のその肌が香る
それでも　きみは
もう　僕より熟した器官を持っている

まわりの空間がきみに擦り寄る
きみの中の性が
樹液のように　人知れず
きみの幹を上ってゆく

土手の上で佇んでいる
カーキ色のコートが樹皮になり
きみは完璧な樹木になる

それを見上げる僕は
葉っぱをなくした灌木

木がふり返った
そして花びらを震わす
でも　風が激しくきみを切り裂き
ここまで花粉が届かない
いや　届いても
花粉自体が
ドライフラワーになっているから

潮が引きはじめたのが　理由であるかのように
僕らは駅へ歩き始める
青い森を呼吸している僕の
維管束の中には
二時間前に告げた
〈海へ行こう〉だけが

打ち寄せ
浸食し続けている

meditation and water are wedded for ever. *Moby-Dick*

陸の河童

海からの距離を思うだけで
僕の耳小骨では
桟橋に恥じらいがちな愛撫を続けるさざ波や
下界に見切りをつけた鴎たちの声が
共振する

僕の肉体は干からびた海綿のように
潮の香りにかつえはじめる
僕にとって海は　ずっと
絵に描いた餅だった
かぶりつくと
「べき」と「はず」の塩辛い味がして
長いこと　僕の心臓はもたれ続けた

しかし
実体を持った時
海は僕を震撼させた
白い泡は絶えず貝殻を砕き
上げ潮は岬の胸をえぐり
潮風は
海岸を見下ろす大時計の
歯車を蝕んでいく

その強烈な生の臭いに
僕はほとんど逃げ出したくなっていた

母なる海よ
だがそれでも
お前に味を占めてしまった者は
何処にいようと
気がつくと遠い水平線を渇望してしまうのだ

だが
今の僕にできるのはただ
X軸とY軸で区画された
この陸地をとぼとぼ歩き続ける事だけだ
遠くにいるお前の秋波に
少しも気づかぬふりをして

曙草子

その月夜　自販機と僕は
まんじりともしなかった
眠るのをあきらめて窓を開けると
十一月の風が　失望しきれずに立っていた

失望しきれずに　ただ蝕まれていく
悲しみ自身が　蝕まれていく
冷たさがしみわたった暗いアスファルトの上で
二人はまっすぐに立ち　動かず

言葉も愛撫も
賞味期間が過ぎれば
ポリバケツ行き　か

次の朝　僕の手に残ったのは
生き物を絞め殺した
苦いぬくもりだけだった

末裔

コトバは　つかめそうでつかめないものに対する　代償　憧憬　啓示　であることが多い　愛というコトバも例外ではない　それは他人に対する自分の内の忿懣を　ナルシシズムの炎で燃焼した灰を　一人の美しいものの鋳型にはめこむ行為だと言える

この　意味と記号のエロチックな関係が開花したのは　まだ歴史が（恋に恋するほど）幼い頃の事であった　そしてそれは今日まで生きのびて　よく言えば　我々のセイフティブランケットとなり　悪く言えば　毎晩条件反射的に石を抱いて眠る者たちの　倦怠となっている

生命体が母親の体内で太古からの歴史を追体験するように　様々な愛も　二十世紀の我々の鼓動と共に　金　銀　銅　と　順次　不可逆的に　営まれる

だから　今僕にできるのは　せいぜい　そのコトバが鋳造された時代の　失なわれた黄金の像をおまえの白い肌の中に発掘し　その欠片で　通時的なジグソーパズルを楽しむ事ぐらいのものだ

ローマの休日

十二時の鐘が鳴る
僕は
これで
もう二時間も
安宿の硬いベッドの上で
天井を見つめている
モザイクも
ステンドグラスも
フレスコ画もない
白い天井を

ちょっと力を奮い起こして
部屋から外に出れば

バチカンもある
コロッセオも
トレビの泉も

だが
この部屋に縛りつけられた僕は
いつもより静かな外の物音と
どこからか入りこんでくる
リストランテの香りを嗅いでいるだけ

東京の休日は仮眠だが
ローマの休日は熟睡だ

人生は読み切れない
などと
寝転がったまま
ノートに書きつける

これじゃあ日本にいるのと同じだ
何のために高い金払って
ここまで来たのかわからない
僕の中の物質主義者が言う

でも　何といってもここはローマ
そう思っただけでわくわくしないか
天下のローマ　自慢していい
刹那主義者岩永が言う

そう言われればそんな気もするが……

幽閉された人間は　まず
自分を二つに分ける事を覚えるらしい

ブルー・レーベル

ザミットさんは考古学者
日本語で言えば「まじめ人間」
マルタ語では？

城砦の街を上り　下りながら
ザミットさんの口から出てくる言葉は
みなすがすがしいのだ

午後三時　三〇℃
蜂蜜色の街に　海風が吹く

ザミットさんをお茶に誘う
ごく自然にお茶に誘う

僕らはコークだの　ジュースだのと呟くが
彼は一言
ブルー・レーベル

ザミットさんは　お得意の説明をはじめる
この島にはビールが三種類ありますが
なぜかわたしは　ブルー・レーベル
どうしてそういう名かは知りません

ザミットさんは　汗をふきながら
一息にぐいっと飲む
一旦ついた仕事をやめて　今は
昼間はガイド
夜は大学
そして夜中は勉強ですよ　と

ぜひ　日本に来て下さい

旅行者の僕らは言う
今度はこちらがご案内しますよ　と
インポッシブル
即座に答えが返ってくる
日本は　私たちには遠すぎます

カフェを出たところで
ザミットさんと別れた
自己紹介した時と同じ
シャイな笑顔の

太陽は
握手する二つの拳を
しっかりと照らしていた

花水川

イメージは二つあった

一つは　日の照りつける清い流れの上を
白い花びらが
静かに流れていく姿
もう一つは　というと
湘南を流れるこの川は
平塚あたりで　虹ヶ浜に注ぐから
潮の味がする
だから
いつしか人は　この川を「鼻水川」と名づけ
それが明治時代あたりから「花水川」になった
とか……

しかし　ある夏
湘南からはほど遠い
マドリードの乾ききった街を
歩いていた時
僕の脳裏にもう一つの〈民間語源〉がうかんだ

それは　人が
川の水を掬い
その水に花びらを入れ
目を閉じて飲みほす
そんな光景だった

命の終わりに咲く花を
命の途上にある生き物が体内に入れる

美しさゆえに
人は「花水」を

不老不死の薬として飲んでしまう
だが実は　その水は
輝くが短い
命の溶液

花水川は
そのレテの水を飲んだ者が
オフィーリアのように
音もなく流れゆく川

廊下

いかにもテレビドラマに出てきそうな
裸電球だけの暗い廊下
付き添い婦たちが
ロビーで煙草を吸う

三日前の電話
「主人が入院しました
黙っていると　水くさいって言われるから」

肺に穴が空いたという
原因は過労だろうという
僕はその病気が重いのかどうかも知らず
新浦安の駅を降りた

小雨がしぶく

奥さんと秀くんと愛くんに案内され
病室の扉をあけたのは一時間前
彼は
無精髭が伸びている以外は
いつもと変わりなく
ベッドでワープロなどいじっていた

愛くんが騒ぐので
彼と僕は病室を出て　ロビーに来たのだった
課長さんからのお見舞いの　お菓子をいただきながら
自販機で買ったジュースを飲む
秀くんは走りまわり
愛くんは廊下でのたくる

「ここに来て　きみが元気なのを見たら

逆に考えちゃったんだよね
どちらかがどちらかを……」
突然僕は
お見舞いにもっともふさわしくない事を言い出してしまった
「きっと　どちらかがどちらかを
見送るんだろうね
何十年か先
こんな暗い廊下で」

僕は自分の口が恐ろしくなり
缶のプルを握りしめながら
食道にやたらとジュースを流し込んだので
そのポーズだけ見れば
ビールでもくらっているように
見えたかもしれない

「そろそろ帰りましょーお」

奥さんが呼びに来た
愛くんも秀くんもすっかり病院に飽きて
お家に帰って遊ぼうようと
玄関で　もう靴を履いて待っていた

外に出ると　雨はすっかり止んでいたが
僕らは傘を開いて
ぐるぐるぐるぐる回しながら
夜道を歩いて帰っていった

もう一度　風になりたい

きみの答えは
イエスでもノーでもなく
冷たい冬の物語の
語り直しだった

ニュースステーションを見ていたんですよね
やけにおそいなあと思いながら
でも　またゆっくりしているだけかなあって
そしたら電話が鳴って
奥さん　落ちついて下さい……

きみは
急いで着がえ

黒いマフラーをぐるぐる巻き
冷たい夜のアスファルトを蹴飛ばしながら
駅まで走る
電車が来ない
生きているかしら
手足はあるかしら

その頃僕は
凍りついた手術台の上で
寒さではなく
震えていた
柄にもなくドラマチックで
夢かと思えた
必死にそう思おうとした

それなのに
〈もう一度風になりたい〉

なんて
よく言えたものだ
〈風になれなかったなあ
あやうく　灰になるところだったもんなあ〉
僕はわざとらしく言う

きみはといえば
そんな僕を背中で拒絶して
この上なく静かな寝息で
物語をしめくくった

迷路の快感

道を失って　長い長い廊下を歩いている
（どうやら赤いじゅうたんが敷かれた古い洋館のようだ）
まっすぐ歩くのに疲れる頃　必ず曲がり角が用意されている

扉は次々にあけられる
必然の磁力が先へ先へと歩みを進めさせる

これが映画だったりすると
迷路の奥の人影もない一室に
何千年も前の野心がひからびて横たわっていたり
すでに風化した宝石を見つけて
主人公があっけにとられるうちに幕が閉じるのだが

この世界にひとりであることは　不思議なほど気にならない

ただ　歩かねばという
強迫観念だけが背中を押す

歩くうちに
前に見たことがある場所に来た
（やはり堂々めぐりか？）
しかし　今度巡ってきたら
もう気づきもしないだろう

何故なら
この道は忘却の道
歩めば歩むほど
幸せになれる道

冬の夜ばなし

炭素がおりなす疑似通信　実体のない言葉の幻燈と知りながら
今夜もダイアルをまわすハムレット
オフィーリアが聞いているかどうかには全くおかまいなく
今日もまた　おもむろにはじめる
"To be or not to be …"

ボランティア精神にみちたオフィーリアも
真夜中をすぎると　さすがにおねむになってくる
そんな時ハムレットは　いつしかマッチ売りの少年になっていて
最後の一本とばかりに
ありったけのやさしさをこめて言う「おやすみ」

電話がチンとなる

ハムレットはもう定年まぢか
暖まったのは耳だけで　リウマチの足はしびれたまま

足をさすりながら　彼は
何を思ったのか　新聞紙を丸め
自分の耳と口にあて
「今は昔」ではじまる
物語りをはじめたのだった

この夜ばなしは　夜の潮が引いていくまでつづき
ハムレットは時おり泣き　時おり微笑する

今夜は
一番
寒い夜

宇宙船

それは麻酔なのか　脳の反応なのか
母は
自分が宇宙船の中にいると言った
先生も看護師も
洗脳されたロボットだ　と

宇宙人
その言葉を聞いて　僕は
心臓を貫かれた
人間の脳とはこんなものか
こんなに脆弱なものか

あの夜の事ことは決して忘れない

自分も宇宙人と呼ばれ
天井で物音がすると言った母親の表情を
いや　それより　もっと強烈に残っているのは

母に見えているものを　自分も見たいという感覚
同情とか　愛とかではなく　本当に
母の見ている世界が本物で
僕らの見ている方が偽物ではないか
脳をいじった事で　母の潜在能力が目覚め
普通の人間には見えないものを
見ているのではないか

夜がすっかり明ける頃
母は僕をじっと見据えて　こう言った
まだ　間に合う
まだ　間に合う　から
おまえだけでも　外へ

外へ

その時
母のと僕のと
どちらの世界が本物だったのか
今だに僕にはわからない

4

01904

テスト

そのテストは
奇妙に始まる。
——あの車のナンバー読めますか?
——1・9・3・5。
——1・9・8・5ですよね。もう一度よく見て?
——ああ、そう言えば1・9・8・5です。
視力検査はこれで終了。

それは二度目のテストだった。
試験官と僕を乗せた白いヒュンダイは、
おそるおそる町へと走り出す。
縦列駐車、パニックブレーキ、
バックアップ、Uターン。

車はのどかな夏の田園に
滑り込んでいった。

走り抜ける。
とても楽しげ。
喉がカラカラになって
運転している
僕以外は。

時おり
試験官がクリップボードに
鉛筆でチェックマークを入れる度に、
僕の心臓は縮み上がり、言いたくなる。
――ここでやめてもいいでしょうか。

こんな瞬間だ。
運転免許を持っている人が

みんな天才みたいに見えてくる
ヘラクレスの難業を
すべてこなした人みたいに。
免許のない自分が、
人間としてゼロに思えてくる。
哲学も倫理も宗教も
何の価値もない。
〈運転免許〉という一枚の紙切れに比べたら。

車は再び町へ。
元のテストセンターに戻る。
聞かなくてもわかっている。
試験官は言うのだ。
車が止まった瞬間。
前回と同じ声で、同じ調子で。
——残念ですが、また次回……

翼

山に登っていた頃
何より楽しみだったのは
小鳥の声でも　雲海でもなくて
一時間に一度の休憩で
三十キロの荷物を肩から下ろす時の
あの
羽がはえたような
気分だったんだ

それを思い出したのは　さっき
このバルコニー席で
コンチェルトを聞いていた時

ビールのせいでしょ？
なんて言わないで
（飲んでるけど　たしかに）

指揮者の頭の上で
鳥が飛ぶのが見えたら
コンサートは成功だ

今夜は
飛んだよ

鳥といっしょに
僕も

だけど
十五分の深呼吸を終えたら
また

縦走が始まるんだ

あの頃は森を
今夜は街を
三日月で
切り裂きながら

汗の分だけ
たしかに荷物は重くなっている

備忘録

一度に
三つの事しか
覚えていられない男の物語を読んだ

彼は苦心して
未来の自分に
〈記憶〉を残す

紙に
上を見よ
下を見よ
冷蔵庫をあけろ
引き出しを

そこにメモがおいてある
一つ忘れるごとに
一つ前の紙が
強制的に自分の眼に
触れるように
工夫をし
男は
ほんの数分前の自分と
対話をしながら
未来へと
進んでいく

*

他人事と
笑っていられなくて
僕もこないだ

〈お前について〉
という
自分あての
ビデオレターを

作ってみた

こんにちは僕です
つまりきみです
君の名前は……
昭和三十二年生まれ
十八で家を出て
Aを愛し
Bをだまし
Cを裏切り……
けっこういい出来だった

これで仮に僕の記憶が破損しても
過去の自分がどんなであったかを
少なくとも
自分がフィクションでなかった事を
証明する事ができる

*

そう思って
悦にいっていた時
今度は
人間の細胞は
七年で
全部入れ替わるという話を読んだ
七年前の髪の毛は
ＤＮＡは今と同じでも

細胞が違えば
同じ人間のものとは言えない

記憶にも賞味期限があったのだ
ふと気づき
僕はビデオテープを
近くの川に捨てた

そしてもちろん
テープの存在も
流した川の名前も
忘れた

*

だがそれでも
記憶のテープは

川の支流を通り抜けたあと
本流までたどり着き
河口に至るに違いない

その後
大海を
七年間流れ続けて

最後には
どこかの岸辺に流れ着き
再び
自動的に
再生を始める
ことだろう

これで僕は
物語の中の彼と同じように

未来の自分に〈記憶〉を残す
ことに成功した
とは言えないだろうか

国際電話

近ごろは
文明が発達してるから
あちらから
電話の一本くらい
かけられるはず

だから僕が
ここからいなくなってしばらくは
電話のベルが鳴ったら
注意して
受話器を取ってみて

無言電話でも

我慢して
耳を澄まし
少し話しかけてくれたら
もっと嬉しい

たぶん
その時のきみの声は
ちゃんと僕に届いていて
長電話が趣味だった僕は
きっとあちらで
涙を流しているのだから

でもきっと
河を渡ると
電話も
つながらなくなるだろう

そしたらせめて
電話が鳴るたび
ひょっとしたら……
そう思ってくれれば
電話するために生きていた男には
この上ない幸せというもの

そしていつも
覚えておいて

僕らは
仄暗い深海に
静かに横たわる
ケーブルで
しっかりと繋がっている　と

5

045 (2)

奥義伝授

父が息子に教えたのは
悪魔の言葉
「他人を信じるな
いざとなれば冷たい」
受話器のむこうで
小さな笑い声が聞こえた

息子はその言葉の毒を
中和させようと
教科書とテレビで覚えた
きれいな言葉を
電話ごしに
まき散らした

それは遠い昔

もちろん
今だって逆らうし
今だって信じてる

でも
息子が年を取るにしたがって
彼の心に記録された
父親の声は
日に日にボリュームを増し
時として真夜中
どくどくと
彼の心臓まで巡ってきそうになる

そんな時
息子は

電話をなるべく
ベッドから遠ざけ
瞼と布団を
二度と開かぬほど強く閉じ
必死の眠りの中に
逃げ込んで行こうとする

そうでもしなければ
電話線を伝って
何百キロも
何十年も
遠く離れた
あの時の父親の言葉が
彼の血管に
流れ込んできてしまうからだ

父の教えは

ひと昔前の国際電話みたいに
タイムラグを抱えて
今ごろになって
息子の耳に
注ぎ込まれていく

叙事詩

母親が
娘のまねを始める
娘の服をこっそり着はじめる
鏡に向って
びみょー　ありえない
これって意外とイケてる（みたいな）

父親が
息子のまねを始める
大人も子供も
ユニクロのフリースを着て
寒風の中　ラーメンベストランキングの店を
めぐり歩く

他人の舌を信じる
これって意外と楽かも

子供は　大人の父
考え　感じて　生きている者が
考えず　感じずに　生きている者を
まねし始める
大人は経験値を捨て去り
子供はヴァーチャルを現実にダウンロードする
これって意外と楽かも

前を行く
Nのカバンはノーリツ塾
車輪のついたスニーカーで
若い頃から
人生をうまく転がる練習
ヒーローなんていらないよ

必要なのは
一億人の一般ピープル

だって
仮面ライダーも
今じゃ　ただの等身大
変身する前はジャニーズ系だし
戦う意味を悩んだりする

そういえば
大人の
〈絶対〉とか〈決して〉とか
聞かなくなったよね

どんどん遡行していく大人たちに
子供たちは
笑みを浮かべていう

〈まだまだだね
けっこう頑張ってるんだけどね〉

母が娘のまねを始める
父が息子のまねを始める
大人が子供のまねを始める

段ボールの箱に
入りきれないものはどうしよう
大人たちは悩みに悩む
でも子供たちはいたって明快
〈そんなもん鋸で切っちゃえば〉

ひげを剃る

父が亡くなる日の朝
ひげを剃ってやった
それまで看護師が
剃刀で剃ってくれてはいたが
肌が弱い父には
辛かったに違いない
（僕も同じだからわかる）

その朝僕は
愛用の
「肌にやさしい」電気カミソリを
持っていった
愛用の

プレシェーブ・ローション
といっしょに
(それは桜色の容器に入っていた)

父の顔に
ローションを塗り
一週間分のひげを剃った
モーターの鈍い回転と
ひげを吸い込む音が
暗い病室に響いた
(その頃もう父は
光を嫌うようになっていた)
父は何度か顔を歪めたが
僕は何とか意図を果たした

その夜
父がかろうじて

眠りについたのを見計らって
起こさないように
そっと部屋を出た

それが最後だった
すっかりきれいにしてあげたのに
次の日父は
骨だけになって
逝ってしまった

あれから一年経った昨日
桜色の容器に入れられた
そのローションを
洗面台の上で見つけた

顔に塗って
鏡を見ながら

ひげを剃ってみると
肌に
ピリピリと
痺れるような
痛みが走った

6

246

Y氏の訪問——友人関係を反芻する

お邪魔します！
どうぞどうぞ
久しぶり
横浜のど田舎にようこそ
まあ奥へ
まあお茶でも
久しぶりだよね
こないだいつ？
確かきみに新しい
マックを自慢されて
次の日に買っちゃったんだから
一昨年かな
震災前

そうだっけそんなに経った？
　でもそうだよね
去年は来てないものね
子供たちはいかが？
元気は元気だけど

きみは本当に
俺の転勤先を全部制覇したよね
福岡から東京、浦安、京都
　子供たちとも
ずいぶん遊んだ
それにしてもきみの人生
芭蕉の
〈日々旅にして旅を住処とす〉だね

まさにそうだね
　ある作家が

人生は長い長い自殺への助走だって
言っている
つけ足すと
人生は全部真面目に生きるには長過ぎるけど
全部ふざけて生きるには短すぎる

きのう夫婦で話した
お互いに七十五になったら
二人で練炭自殺しようって
今のお袋を見ていると
そう思っちゃうね

実は僕もさっき
同じような事を考えてた
夫婦の選択肢は2つしかなくて
夫が先に死ぬか
妻が先に死ぬかだなと

思っていたけど
ふと気がついた
三つ目の選択肢があると

旅を一緒に終えるっていいよね
真面目に生きられるかも

〈旅を住処にす〉
不思議な言葉だね
旅は動で
住処は静なのに

旅を住処
翻訳すると

あてにならない
はかないものを

永遠だと
自分に錯覚させ　それを
忍者の水蜘蛛みたいに足に履いて
狭いが深い池を
静かに静かに渡っていくこと
かな

状況証拠

散歩中に誰か
部屋に入ってきたと言う
本が動いていると言う
お金がなくなっていた
薬の位置が変わった　と

五分以上もたない
母の記憶力は
「誰か」に対する
悪意に満ちている

自分は「絶対に」知らないという
確かにカバンに入れたはず

もちろんそうでしょう
だって
もう一人のあなたが
座敷童のように
悪戯をしているのだから

実は存在しない「悪意」に
顔を歪める母を
僕は「論理」で責め立てる

ひょっとしたら
「誰か」がこの部屋にいたかもしれないけど
その「誰か」を見たわけじゃないでしょ
それじゃ断言できない
たとえ朝バスタブが濡れていたとしても
「誰か」が
夜中にお風呂に入った事にはならないよ

ましてや
いくらあの弟だって
こんなあばら屋に
女を連れ込んだりはしないよ
ラブホテルの方が安くて清潔

こんな「論理」で
僕は母の
状況証拠を
崩そうとする

だがそれは
実は
母の幻を消す
試みであるというよりは
僕自身が持っている
母への幻を

消そうとする試みであった

目に見えるものは
この世のほんの一部だと
幼い頃
教えてくれたのは母だった

だから
母は今でも
数々の状況証拠を指差して
僕が大人になって
狂気の王道を堂々と歩いている事を
証拠立ててくれているのに違いないのだ

高窓——ブレシアの教会で、秋

間違いなく
間違いなく
どちらかが先に
行くのだから

小さな
イタリアの町の
教会で
ティツィアーノの
祭壇画を見上げながら
僕は
心の中でつぶやく

間違いなく
そうなのだから

生き残った方が
ここに来て
先に逝った者
のために
祈ろうよ

いや少なくとも
僕が生き残ったら
きっと

教会が
僕らの
貸切りになった午後

三度目の正直なんです
一度目は日曜日に来てしまい
二度目は張り紙を読みそこね
今日やっとこの絵が見れました

たぶん僕のイタリア語は
通じていないのだが
境内を静かに歩く
管理人ボニーニさんは
当たり前のように
高窓のカーテンをあけて
秋の日差しを教会に
入れてくれた

そして
異教の国からの客に
笑顔でポストカードをくれた

今日の記念に！

その時
光の差し込む角度のせいか
空に戻っていくキリストと
天使ガブリエルが
僕らに
微笑みかけてくれているように
見えた

空——M先生を偲んで

中伊豆百笑の湯
そこに
人一人がすっぽり入る
陶器製の湯船がある

ぬるめの湯
ぼくは
死者のように浮かび
空だけを見ている
視野の隅には棕櫚の木
空の底には
白い鳥が
そのフレームの中に

花びらが舞い込む

花びらを運んだのは
風
風は
空の
原子でも分子でもないものを
運びつづけてくる

先生
先生の厳格な魂も
今回
その風の中に溶け込んだのですね

悠々と
さわやかに
しかし厳しく

空に拡散しながら
飛びつづけて
いるのですね

この世での
人の営みと繋がりは
この拡散のための
準備なのかもしれません

魚眼レンズの空
メルカトル図法の空
遠くが近くて
近くが遠い空

そんな空で
風もたまには
道に迷って

先生
あなたの魂を
ぼくらに
異常接近させる事が
あるかもしれません

その巡りを
信じて
今日は
町に帰ります
風の軌跡を信じて
明日も
明日も
空を眺め続けます

パドヴァの夕立――条件付きの空

青い青い礼拝堂を訪れたあと
雷が二、三回
激しく鳴って
絵画館のカーテン越しに
そっと見てみると
どしゃぶり！
四角い中庭に
四方の瓦屋根から
雨が集まる

芝居で言ったら
長い前振りの後の
突然の大団円

客はみんな唖然として
カフェで休み
雨宿り
僕も甘い甘いドルチェとコーヒー
不幸な幸せ
に浸っていたら
そのお菓子のせいで
歯の詰め物が取れた

でもこんなものだ
楽しみはいつも
１００％というわけにはいかない
いつかまた　とか
かならずきっと　とか
は決して実現しない
僕らの楽しみは
必ず〈条件付き〉で

何よりも僕が人間なのが
生き物なのが
すでに条件つき

あとは
忘れるか
ごまかすか
逃げるか

歯の間から取れた
詰め物を
宝の金塊のように握りしめて
ひとりの外国人として
異国語の渦の中で
青ざめていたら
雨はいつか
滝から川に変わり

線からしずくとなり
すでに青空が
のぞきはじめていた

しかし
まだ空から水が滴ってくる
この空と雨の時間差も
地球が生きている事の
証拠なのかもしれない
自然界はすべて
条件付き

死も

無題

美術館で
好きな絵と別れるのは
お見舞いの帰りに似ている
腰を上げるタイミングが難しい
誰かに背中を
押してもらいたい

写真を取ればよいとか
メモをすればよいという
単純なものではない

絵画には
本人の筆致が

残留思念として
残っているので
別れがたい気がするのかもしれない

お見舞いと違うのは
次に会えるかどうかが
自分（の命）次第である事

ヴェネチアの空はうすい灰色
潮位は低い

愛について——五十九才匿名希望

年を取ると人は
愛という言葉を
あの世でも使える貨幣ででもあるかのように
扱いはじめる。

愛だけは
肉体が死んでも
記憶が消えても
残るものだ。

もちろんそんな事はない
愛も
記憶と一緒に消えるのだ

例えば僕が年老いて
狂いはじめると
愛も消えてしまうのだ

愛という貨幣は
両替して異国まで
持っていく事はできない

だからと言って
貨幣の価値は少しも下がらない
この世にいるうちに
しっかり無駄遣いすることにしよう

部屋

時が流れた時
思い出す部屋と
思い出さない部屋があるのは
なぜだろう

たった一泊しかしていない
安宿の一室を
鮮明に
覚えているのは
なぜだろう

家具の配置や
トイレの様子

寝室の匂い
窓からの眺め

それはたぶん
部屋の風景が
心の中の風景と
うまく共鳴し
二つの風景で相似関係が生じて
あたかも部屋そのものが
自分そのものであるように
錯覚する瞬間があったからだろう

もちろんそれだけではない　それは
その部屋に
妖精が住んでいたからだ

〈きみは今でも

旅したあの街に恋したと
思い込んでいるようだけど
実は私自身に
心奪われているのだよ〉

ベランダの母——5月

ベランダに
灰色の
中古の回転いすがある
風雨に晒され
スポンジがはみ出している

母はよくこの椅子に座り
下の公園を眺めていた

椅子には思いが残りやすい

今でもベランダに
時おり母が見える

無表情だが
くつろいでいる

病いのせいで
見慣れない風景が
見慣れたもののように
母の瞳に映っている

生きていた時と同じ
気配のない背中

幸福とは何か

残された椅子を目の前にして
今度は
自分が大気に溶けて行く日の事を
考えている

あとがき

６０才の処女詩集です。詩らしきものは、中学生の頃から書いていましたので、いずれは纏めたいと思っていましたが、機会とお金がないまま「詩らしきもの」がたまっていきました。そして今回、配偶者である高橋祥恵さんに背中を押していただき、還暦の年を迎えた事をきっかけに、めでたくこの本を出すことになりました。

これまで同人誌『イグドラシル』や『立』などで、いっしょに詩を発表させていただいた恩師、先輩の皆さまには感謝の言葉もありません。が、感謝以上にこのような本（「詩集」というよりも「自分史」）になった事に、お詫びの気持ちを感じています。この詩集を纏めながら、やはり自分は詩人というよりは、単なるセンチメンタリストなんだなと痛感しました。そして、詩友の皆様の誰にも相談せずに、自分で作品を選び、自分で編集し、ほぼ時代順に並べたので、まさに「自分史」になってしまいました。

言い訳させていただくと、不完全なものでも今出しておかないと、永久にタイミングを失ってしまう気がして、今回思い切った次第です。寛大な気持ちでお読みいただければ幸いです。

わがままを言って、お忙しい音羽書房鶴見書店の山口社長のお仕事を増やしてしまった事に対して、お詫びと感謝の言葉を述べさせていただきます。また、このような贅沢を実現できた事について、亡き父母にも感謝したいと思います。

２０１７年師走

著者紹介

岩永 弘人（いわなが・ひろと）

1957年熊本生まれ。現在東京農業大学教授。英国ルネサンスの詩歌を研究する傍ら、詩の実作にも興味を持ち、学生時代から、母校立教大学の仲間が主宰する同人雑誌（『イグドラシル』、『クアトロ・カンティ』、『立』）に詩を発表してきた。

風が語っていった事

2018年3月9日　初版発行

著　者　　岩永　弘人
発行者　　山口　隆史
印　刷　　シナノ印刷株式会社

発行所　　株式会社 音羽書房鶴見書店
〒113-0033 東京都文京区本郷 4-1-14
TEL 03-3814-0491
FAX 03-3814-9250
URL: http://www.otowatsurumi.com
e-mail: info@otowatsurumi.com

Printed in Japan
ISBN978-4-7553-0407-1 C0092
組版編集　ほんのしろ／装幀　熊谷有紗（オセロ）
製本　シナノ印刷株式会社